深城纪

费新乾 著

长江出版传媒 ｜ 长江文艺出版社

图书在版编目（CIP）数据

深城纪 / 费新乾著. -- 武汉 ：长江文艺出版社，
2023.10
ISBN 978-7-5702-3154-6

Ⅰ . ①深… Ⅱ . ①费… Ⅲ. ①诗集－中国－当代
Ⅳ. ①I227

中国国家版本馆 CIP 数据核字（2023）第 091037 号

深城纪
SHEN CHENG JI

责任编辑：胡　璇　　　　　　　责任校对：毛季慧
封面设计：卢天豹　　　　　　　责任印制：邱　莉　　王光兴

出版：长江出版传媒　长江文艺出版社
地址：武汉市雄楚大街 268 号　　　邮编：430070
发行：长江文艺出版社
http://www.cjlap.com
印刷：武汉新鸿业印务有限公司

开本：880 毫米×1230 毫米　　1/32　　印张：7.25
版次：2023 年 10 月第 1 版　　　　2023 年 10 月第 1 次印刷
行数：3710 行

定价：58.00 元

我们的深圳（代序）

将手伸出去
抓住此时的深圳
满手海水与霓虹
莲花山上的月光
从指缝穿过
如沙漏里的沙

这是我们的深圳
两千万复数的爱
我不敢独占
就像我们的祖国
我们的大好河山
就算在一首诗里
也是属于我们

我的茅岗村

我的对面林

我的一亩二

远在一千公里以外

却烙在每一次呼吸与心跳中

刻进血与骨头里

我有许多个我们的深圳

但只有一个我的故乡

目 录

CONTENTS

第一纪：握手楼

第二纪：斜杠青年

第三纪：复 活

第四纪：悬浮术

第五纪：凌晨四点的大海

第六纪：结石

第七纪：一个人的租房史

第八纪：那时的爱情

第九纪：城里的月光

第十纪：栀子花开

◎

第
一
纪
：
握
手
楼

001
—
021

ONE

蜂 巢

城中村这个巨型蜂巢

挂在水泥森林强壮的枝丫上

最早醒来的工蜂

点亮灯火　打扫街道

批发蔬菜和水果

肠粉豆浆油条稀饭的香气

用雄鸡报晓的力度

闯进无数扇门窗

蜂巢在阳光的直射下燃烧

屁股着火的公交和小汽车

挤出了蜗牛的速度

蜗牛背上的工蜂们

厌倦冒烟的生活却拥抱着火种

厌倦无休止的奔忙却打开了翅膀

厌倦拥挤的蜂巢却离去又归来

直到整个世界填满

嗡

嗡嗡

嗡嗡嗡

嗡嗡嗡嗡

握手楼

种房的农民

握手的楼

窗对窗

不是一帘烟雨

而是两台抽油烟机

每日烟火互动

熏得彼此油腻而清新

有时借个火点根烟

有时递瓶老金威

吹个底朝天

直至灶上多了一煲汤

窗户不再随便敞开

女人的气息从窗贴上渗出

在第二年的台风季

对面的窗被风一头撞开

里面空空如也

只有一溜啤酒瓶

在墙角处

生着苔藓和野花

房中房

客厅一分为三
或者更多
翻身小心跌落
打鼾总会穿透
彼此的呼吸
睡在厨房的兄弟
从灶台上醒来
不知昨晚的他
是红烧还是清蒸

我们占据了阳台
拥有风和阳光
大把大把的青春
提着心　吊着胆
穿过一再切分的客厅
躲过不知深浅的窥探
在卫生间默默清洗

偷偷拥抱与亲吻

用尽全力

工 地

一茬接一茬的农民房
成熟而破败
被推土机挖掘机
日夜收割

钢筋和水泥骨肉分离
回收一些硬骨头
其他的归入垃圾
在看不见的角落填埋

土地裸露新鲜的伤口
打桩机让疼痛深入
十月怀胎
每一寸土地都将生出金子

新的钢筋和水泥
重复骨肉相聚的戏码

抬高城市的天际线

直至下一次收割

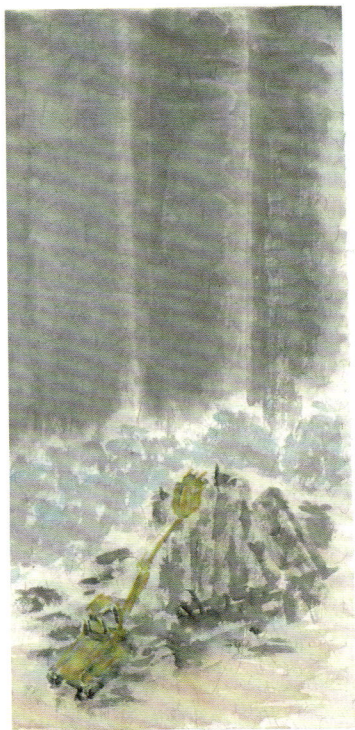

天 桥

天桥在摇晃

像遇上风浪的船

让人眩晕甚至呕吐

这种晕桥反应

来自乡下少年的水土不服

来自打工者的底层经验

来自一个早逝作家的过敏

我想起见他的最后一面

惊人的黑与瘦

目光羞怯

碰杯都有气无力

他清楚自己的命运

在他刚要翻身时

这座城市毁了他

在人间他什么都没留下

除了那篇孤零零的小说

像一座悬空的天桥

倔强地伸向远方

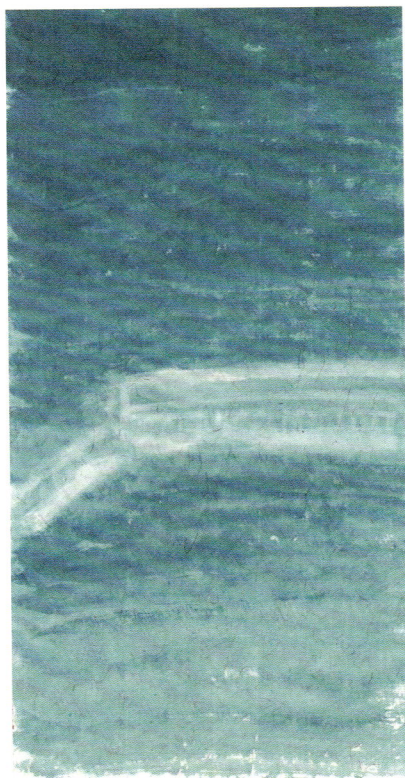

1038 号

十六年光阴

从而立到不惑

在墙壁的裂缝中

爬山虎一样蔓延

许多人到来

许多人离开

文字道场里有远方

更多眼前的苟且

习惯了她的体温

她的日与夜

她的呼吸

她影子一样的沉默与忠诚

她是我的彼岸

亦是我的苦海

苦于渡人

苦于被渡

荔枝公园

荔枝林长了一颗湖的心
牵着风挂着雨
予地王以秋波
赐京基以春水

我领她的恩惠
在她怀里销一段青春
无数次徘徊
刻进了她额头的纹路

她捡过我破碎的心
拾过我醉后的影
她收过我奔跑的脚印
擦过我蒙尘的肉身

我和地王京基一样
得着她的宠

我是她最小的孩子

永远也长不大

莲花山

莲花不在山上

也不在湖里

我们一路寻到了蝉叫

拾到了蛙鸣

一条鱼高高跃出水面

游到山的深处

我们任由风牵引着

鼓荡着

抛下红尘俗事

轻盈如飞鸟

从城里到山上

不过是挥一挥翅膀

云朵的莲花在头顶

一瓣瓣绽放

一层层渲染

我们得小心满天星星

那些莲叶上的露珠

打湿新生的羽毛

深圳北站

他指着车窗外一块荒地
郑重其事地告诉儿子：
这里将建一个高铁站！
拉了五年多渣土
他被锻造成史前出土物
一开口有股泥石味
儿子被喷了一脸尘土
从梦中惊醒
茫然而恍惚

在城市边缘
拥有一间铁皮屋
一辆皮实的泥头车
将一家人接到了深圳
在家门口建高铁站
他关心得理直气壮

从刚建成的深圳北站
终于坐上人生第一趟高铁
在时速三百多公里的撤退中
他替深圳感到自豪与高兴

深南大道

最硬的一根骨头
撑起城市的皮囊
不再趴在地上
站起来
跑出深圳速度

最深的一根刺
卡在理想与现实中
抽不出来
吞不下去
倒挂着生长

最宽的翅
覆盖流浪者
无家可归的弃儿
也覆盖得意者
万千财富的宠儿

最窄的门

无数人来来去去

削尖的脑袋

溢出中国式梦想

与乡愁

◎

第二纪：斜杠青年

023
—
043

TWO

诗人与酒

1

诗人说

今天喝最后一顿酒

因为长期酗酒

疑似股骨头坏死

很少人知道

他喝酒后写不了诗

就是想喝而已

2

早上可以不喝

中午可以不喝

晚上不喝睡不着

像害了相思病的少女

3

诗人说要戒酒一天

早早做了一大碗腌面吃了

最终还是没忍住

就着茶喝了半斤

我也有点醉了

似乎陪着他喝了一宿

4

宿醉的后遗症

不是头痛也不是失眠

而是无边的孤独

一个人堕入黑洞

5

诗人需要粮食和水

酿成最烈的酒

一饮而尽

让一道灵感的闪电

从头顶劈到脚底

直 播

四个诗人在镜头中
扇动诗歌的翅膀
互相碰撞
羽毛飞了一地

刘郎举起月亮的手枪
对准地球上孤独的自己
双鱼的落花
在诗歌的魔力下重返枝头

书生的籁杜鹃
为城市献上大好头颅
杉树惊艳了十四岁的李玉
流年的碎片在直播间纷飞

诗人们频频举杯
舌头开始分岔

他们的翅膀愈发轻盈

也愈发沉重

灵魂飞出了太阳系

在星空中闪耀

肉身还陷在直播间的椅子上

一本正经地胡说八道

溺水者

水眼看淹过头顶
他努力吐出一个气泡：
老费，好好搞！
在水底挣扎的我
回应一个气泡：
鸦哥，搞酒！

我们都被水草围困
用一粒粒文字喂食水鬼
渴望回到岸上
偷酒神的火取暖
兄弟，都怪我们不通水性
被生活一次次淹没
与活埋

我们只能踮起脚尖
在水里跳芭蕾

偶尔蹿出水面

吐出一个个可笑的气泡：

——好好搞！

——搞酒！

春 运

奔向春节的火车很慢

那列老是晚点的绿皮车

披着星星

戴着月亮一路晃荡

我们没有座位

靠在走廊上

周围全是人声

那时我离你很近

又离你很远

一个火星一个金星

我们在离开与留下之间

摇摆　争吵

撕了火车票又粘好

只是粘痕再也无法消除

奔向春节的火车很慢

奔向情感终点的火车很快

快到连彼此的模样

都记不起来了

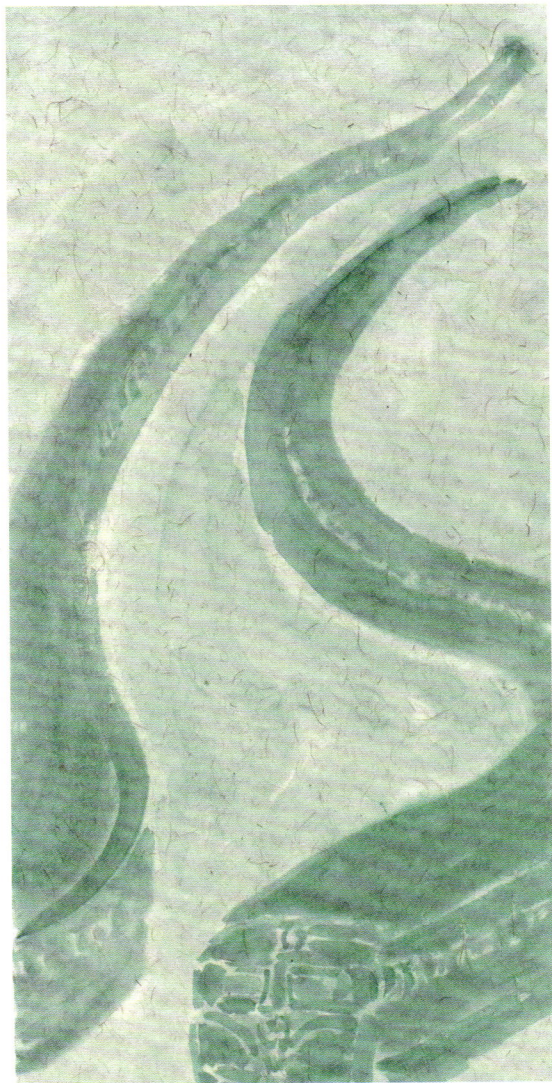

夜跑者

跑进黑夜

就像一滴清水

溶解于浓墨之中

四周的黑托着他

让他感觉自由轻快

沿着河道跑

尽量避开灯光

河里的鱼追随着他

逆流而上

岸边的簕杜鹃无声绽放

花絮幽灵似的披头散发

随风翻起他的脚印

目送他的背影

融入一团云雾

化成一阵风一束光

一串鱼儿吐的泡

第
二
——
纪

斜
杠
青
年

少 年

（在获得全国优秀县委书记荣誉后，华丽转
身，投身公益。为了省下一点点打的费，在
深夜里狂奔，追赶末班车。这就是陈行甲。）

五十岁的他

听到自己的骨骼在生长

在他奔跑着追赶末班车的时候

跨一步就长一截

让他脚下生出越来越强的风

他不得不按住心脏

害怕一松手

它就飞走了

多好啊

那个在乡间小路奔跑的少年

又回来了

在流火的深南大道上

少年追上属于他的火花

又一次点燃了自己

就像在峡江的转弯处

就像在清华的课堂上

斜杠青年

朋友从青草地上离开
让她一个人
占有了偌大的莲花山
所有阳光和树木的芳香

她的斜杠不过是许多时光
可以用来虚度和雅正
不想见的人可以不见
不想进的城可以不进

为莲花山上的云着迷
为厨房的苹果写下一首诗
网上淘到一款好酒
不妨与朋友去海边分享

树缝中漏下一两声鸟鸣
她小心翼翼接住了

这样小而轻的美好

她从未错过

卖炒货的老人

十多年没有挪窝

在杂志社后门的小巷

他已长成一棵树

一尊会动的雕塑

嵌进城市的日常

从不吆喝

瓜子和花生冒着烟火气

替他叫卖

回头客很少

我是为数不多的旧人

在他摊前来来去去

将宝贵的青春消磨殆尽

用眼神打招呼

比新人多出一丝笑意

就像多出的一两把炒货

他有时会消失一阵子

我习惯性地走入巷口

没有他的标识

我以为自己走错了道

幸好没几天他又回来了

像是守着某种约定

母 亲

女人披头散发
拖在身后的小黄毛
像失控的车尾
反抗和撞击着车头
发出汽笛似的尖叫：
我不回老家
死也要死在深圳！

车头被掀翻
两个人跌落在尘埃里
女人吐出一口钉子：
老娘今天死也要拖你回去！
但她一开口力气就泄了
小黄毛挣脱了
将女人丢在绝望的悬崖上

终究还是留在了深圳

只是暴躁的女人
变成了相框里温柔的母亲
小黄毛在黑夜里
一次次擦亮母亲的微笑
就像卖火柴的小女孩
一次次点燃火柴

顺流·逆流

她顺着长坡跑成一阵风
朝阳落到了身后
身体像路边榕树一样抽条
再不加速就要扎进土里
所有加速度汇到一起
推动城市齿轮轰轰运转

到了傍晚
美人鱼第一次上岸
尾巴变成了双腿
她掩住针扎的痛楚
一步一挪
长坡无限拉长

她抱紧夕阳的余晖
让它拖着
回家　回家

回到农民房的底层

回到一张床的悬崖

跌进睡梦的万丈深渊

◎

第三纪：复活 045—065

THREE

一匹汗湿的马

街上冒出一匹汗湿的马

疲惫而消瘦

眼神怯生生的

腿上沾满泥巴

带着远方荒野的气息

蹄子敲击着水泥路

犹如行走在琴键上

弹奏一曲命运交响曲

它突然奔跑起来

仿佛被命运抽了一鞭子

蹄下溅出暴风骤雨似的音符

冲着我高高跃起

四蹄腾空

就这样闯进了我心中的草原

果然是逃走的那匹

当时我刚想象出它的模样

还没来得及将它固定在诗歌里

它就消失不见了

对面楼的金鱼

蓝色的金鱼缸
在夜幕中
笼罩着梦幻的光芒
几条金鱼水中游弋
星星样闪耀
鱼尾翩翩如飞天

对面楼陷入沉睡
这群醒着的金鱼
逆流而上
翻越一层深似一层的夜
于夜归人的眼眸里
留下惊艳的一跃

一瞬间的光明
点燃与怒放
从黑夜的缝隙中

掠过金鱼的闪电

和流星一起

归于灿烂的寂灭

消失的螃蟹

从大海到一瓢清水

它竟然熬了过来

其间送别五尾金鱼

一个受伤的同伴

一只沉默的清道夫

小小的鱼缸变得空旷

只剩它躲在水草里

吐着孤单的泡泡

有过几次越狱

最远的一次逃到了书房

从《红楼梦》翻越到《百年孤独》

跌落在《活着》上面

被我抓了个现行

直到有一天

水草后面不再冒泡

它彻底消失了

翻遍整个宿舍

都不见它的影踪

就像在我生命里消失的那些人

再也不曾出现

猫

它会消失
它即将显现
它携着隐疾
在街头在下水道
争万千宠爱

它有九条命
其中一条属于我们
它的野性在出租屋里
一点点熄灭
它习惯了温顺乖巧
守候与尾随
直至流浪的爱情降临

它跃上城市的屋顶
星星低垂
大海翻滚

远方的野性在呼唤
它越过城市这一世
奔向原野

杂种狗

褪去纯种狗毛色

暴露出杂种狗面目

咬坏沙发与枕头

用尿液标示王国的疆域

对同小区的宠物狗

龇牙以对

不屑于卖萌为生

只有在女主人温软的怀里

才收起尖牙利爪

佯装蠢呆

视男人为入侵者

眼神率先亮剑

饱含威胁地咆哮

绷紧身体

准备随时弹射出击

小小身体内的风暴

使它不可抑制地战栗

而在男人眼里

这只杂种泰迪和女主人一样

任性得可爱

复活

在老家待了两个多月

回到一千公里外的深圳

阳台的花花草草

死了个精光

蹦到地上的小金鱼

尸体风干了

四只乌龟一动不动

挤在墨汁似的死水里

这小而阔大的墓地

打开窗户

让阳光和风进来

照耀并抚慰

针尖似的痛楚

一只乌龟率先啄破死亡的壳

探出头来

接着是另一只

它们全都复活了
在平常而珍贵的清水里

青 蛙

未开工的水榭三期

在连绵春雨后

长出几眼水塘和无数蛙鸣

人间一场灾难

让青蛙们躲过下火锅的命运

得以占据数万元一平的土地

享受雨水和荒草

唱响亘古不变的旋律

一二期的高尚住户

像乡下水稻一样

夜夜被蛙鸣包围

他们强烈要求三期提前动工

把该死的青蛙驱逐或填埋

他们忘了十多年前

这片土地还是一片稻田

青蛙才是原住民

孤单蟋蟀

寄居三十楼下水道
独奏田园之声
盖过工地挖土机
惊醒阳台一群多肉

这个不速之客
夏日艳阳一样热情如火
拉长声线
绵延万年的生命力

这个不眠不休的音乐家
振动翅膀的琴弦
高歌于水泥森林
如入无人旷野

殊不知危险循声而来
我们高举拖鞋

准备随时扑灭

这只入侵的乡野闹钟

蟑螂传

它统治乡村与城市

在黑暗的角落

擦亮蒙尘的皇冠

没有蟋蟀的金嗓子

没有螳螂的大板斧

单凭一颗无畏的心

登堂入室

习惯于刀尖上觅食

驱赶与杀戮

贯穿它的成长史

就像交配与繁衍

充塞它的青春期

作为比恐龙还古老的活化石

吞噬和嚼碎无数王朝的历史

眼前这个四十岁的城市

鸡肋般食之无味

弃之可惜

显然满足不了它的胃口

套句时髦话

它的征途是星辰大海

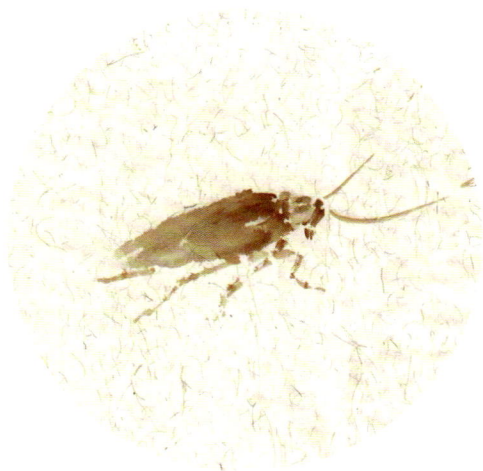

大象进城

大象走在深南大道上

用鼻子抽打小汽车的屁股

就像在放牧一群奶牛

全副武装的大象

坐上摩天轮

各个网红地打卡

顺便喝了一桶喜茶

当街拉了一摊象屎咖啡

地球上至少有十亿人

同时在线上看了

大象进城的直播

只有极少数幸运儿

品尝到象屎咖啡的味道

据说无与伦比

无法用言语形容

第
三
——
纪

复
活

◎

第四纪：悬浮术

067
—
087

FOUR

榨汁机

必须挤上这班地铁

哪怕挤成平面

每个人面目模糊

在融化

等待到站分流

这是灵魂容易被掏空的时刻

一不小心就抛下肉体

融在一起的人群

从地底泉水样涌出

重新凝固分散

去往不同口径的榨汁机

为理想榨干

为生存榨干

为渺小而伟大榨干

悬浮术

低处更拥挤也更快
在地铁上悬挂着
叠加身体的惯性
日复一日前冲

走出地平线
另一个折叠空间
浅层生活
深度喧嚣

公司悬于城市腰部
一人一个圈
有的上浮
有的下潜

有的直接躺平
一动不动

他们永远也够不着

城市的天际线

上升

高点再高点

站在三十层的楼顶

看到的还是楼

就像在乡下

爬上山顶

看到的还是山

高点再高点

从地王到京基100

到平安大厦

视线越过深圳

探到了香港

直至大海的尽头

高点再高点

爬上云层

世界被压缩成一张地图

看不到风景
更看不到
一个一个的人

虚 度

去海边吹吹风

到山顶数星星

听一朵花开

追一声鸟鸣

看天蓝得空空荡荡

见水清得无遮无掩

于众声喧哗中沉默

在手机的大海里固守书的孤岛

从柴米油盐的生活中

抽身出来

仰望星空

学会与失败相处

接纳平凡的自己

偶尔发发呆

什么都不想

什么都不说

一遍遍擦拭染尘的心

干 净

清洗水果和蔬菜

将苹果土豆洗得同样干净

淘米做饭

珍惜每一粒米

让它们膨胀

在口舌间生香

填饱肚子是最朴素的幸福

收拾碗筷

泡沫冲走后

在每只碗里都能见到星星

窗外的雨停了

建筑树木马路都在闪光

城市犹如初生

我们不说话

靠在一起

心和天上的云一样洁白

寻 找

从乡下连根拔起
去城市寻找春天
钢丝上行走最好的年华
石缝中孕育坚强的种子
平凡里生出动人的美

在黑暗中迸发微光
去灰烬底下寻找火种
为了一片阳光
顶翻黑夜的巨石
揭下城市冰冷的面具

在混凝土中植入诗意
于异乡寻找故乡
被沸腾的海水
不止一次灼伤
让我流下炽热的泪

一口气

只能向前跑
一条道跑到黑
只有一口气
用光了也就倒下了

只能不停地写
就算是写给自己的
只有一口气
断了也就不写了

只能拼尽全力活着
将头仰出水面
只有一口气
吐出来也就沉底了

只能抱紧你
我已经一无所有

只有一口气

你渡我就活着

你不渡我就死去

失 控

火车脱轨
箭已离弦
我们穿越整个城市
像两颗行星
撞击在一起

星辰坠落大海
玫瑰覆盖黎明
无须光亮
我们彼此照耀和点燃
消融和迷失

城市陷落
明天一再推远
拉长此刻
我们在拥有中失去
在失去中拥有

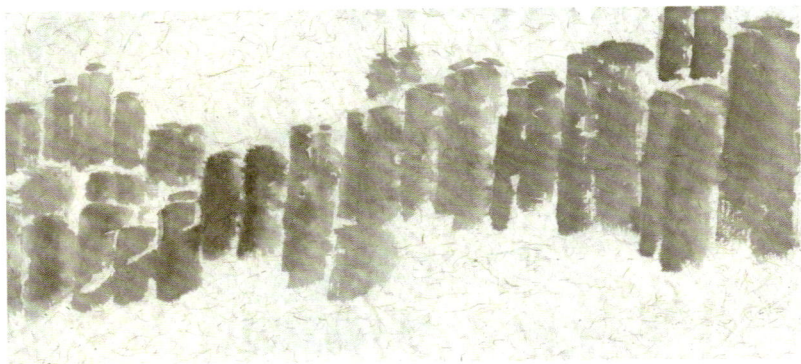

超 车

初始时它是一辆牛车

在田野小路溜达

埋首于一亩三分地

偶尔抬头

仰望一下星辰大海

蛇口一声惊雷

牛车换成了马车

开始圈地撒野

跑出效率的生命

时间的金钱

随着深南大道不断延伸

改在轮子上飞驰

三天一层楼

不断刷新高度和速度

醉心于春天的故事

它跑得越来越快

在地底在天上在大海中

跑成火焰闪电和飓风

跑成传奇和神话

城市的灯火永不熄灭

城市的灯火永不熄灭
擎灯者从地底涌出
从海面升起
遍布街巷
绽放亿万光芒

城市的灯火永不熄灭
青春烧不尽
理想扑不灭
被灼伤的万物
依然迎风生长

城市的灯火永不熄灭
头颅高昂
刺破天穹
浴火的世界熙熙攘攘
又空空荡荡

城市的灯火永不熄灭

大地沉默

宇宙低垂

灯火有多辉煌

黑暗就有多辽阔

◎

第五纪：凌晨四点的大海

089
—
109

FIVE

从大江移植到大海

从大江移植到大海
从冬天嫁接到春天
只需要一张廉价的火车票
扑面而来的人潮与尘土
阳光普照的世界

在十六年前的布吉关外
肠粉代替热干面
和我的胃初次邂逅
握手楼向我敞开一线之地
就像害羞姑娘唇边
绽开的笑容一样小而美

我将行李和梦想安顿下来
在朋友免费提供的客厅里
在一张二手店淘来的席梦思上
枕着大好的青春

枕着一千多万人的呼吸

枕着想象的无边海浪

像归家的流浪狗一样睡去

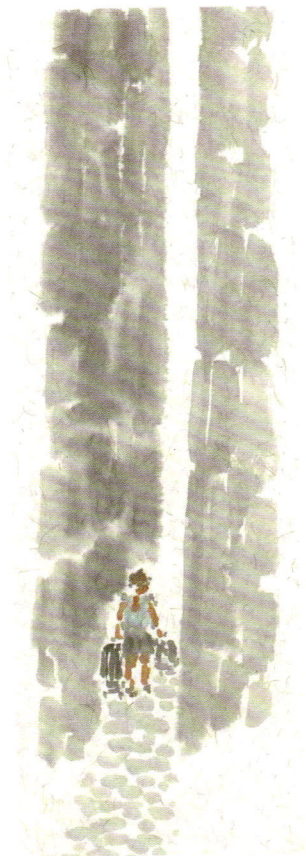

凌晨四点的大海

这是凌晨四点的大海

黑色的海浪

翻滚灯火的碎片

梵·高的星空在旋转

脱掉衣服

身体的白彼此照亮

做海的浮标

被风拉扯

这是凌晨四点的大海

埋进海底的阳光

依然温热

是谁喊魂样唤我们的名

海里的水鬼

可是故乡湖里的那只

这是凌晨四点的大海

熄灭身体的白

融入黑色的海浪

它是母亲

也是父亲

每一次翻滚

是毁灭

亦是新生

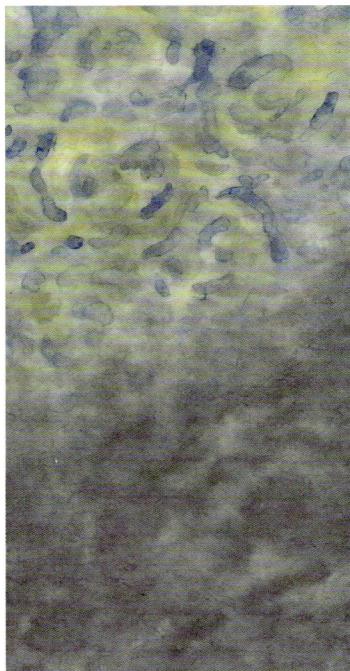

爸爸来到深圳

一只乡下老鹰

从飞机的鸟笼出来

又进了三十层公寓的鸟笼

无所适从

水土不服

在世界之窗在欢乐谷

披着一身厌倦与乡愁

那就去海洋世界吧

异彩缤纷的水母

像不像老家的萤火虫

被囚禁的鲸鱼认出了你

同样落魄的王

没有大海和蓝天的加冕

肉身跌落凡间

就算到了大小梅沙

老鹰依然敛着翅

都没下去海滩

沙子太烫了

那湾平静的碧水

是被山禁锢的死海

不是真正的大海

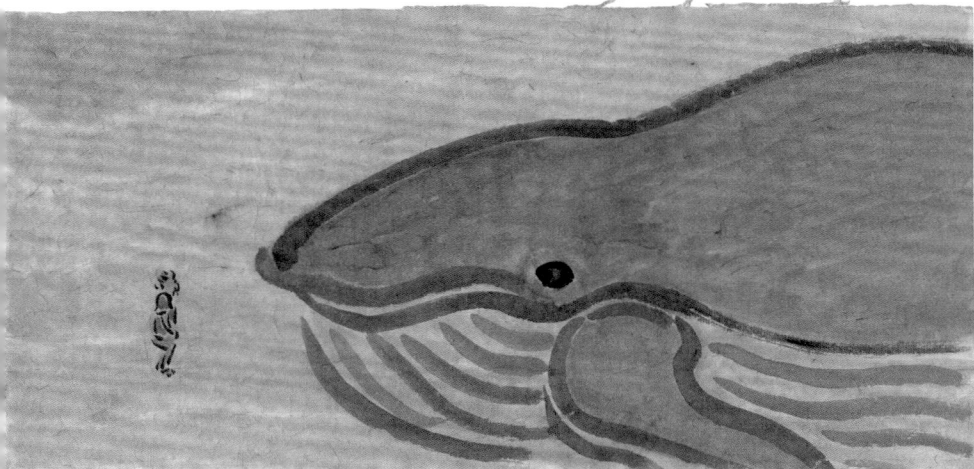

海上生明月

大梅沙饺子场
一枚饺子贴着另一枚
在防鲨网里搅匀咸度
煮熟的饺子浮成一片
大海的黑
闪烁星星点点的白

从一堆饺子中突围
自由泳不自由
还是万能的狗刨式适用
你四肢着地爬上岸
沙子发出尖叫
你踩着了埋在沙里的饺子

如果没有抬头
你将陷入饺子的噩梦
不会看到那轮明月

正从海上升起

洒下圣洁的光辉

世界变得如此美好

就像下了一场大雪

覆盖了世间

所有的肮脏与不堪

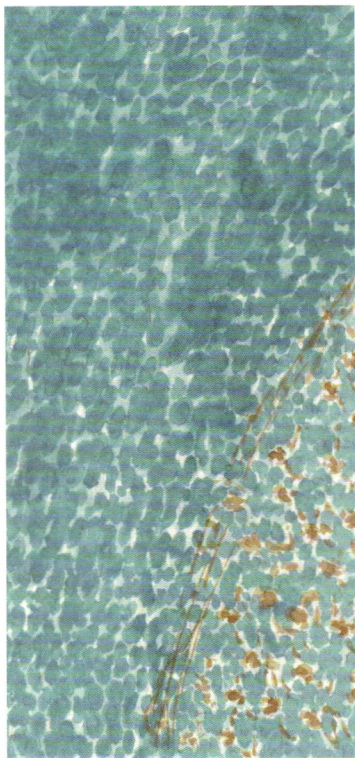

登 岛

黑云压在头顶，快艇从一个浪头跳到另一个

风抽得脸生疼，深海的浪更大了

心跳到嗓子眼，将救生衣扣严，抱紧孩子

快艇暂时停了下来，随风浪起伏，等待突围的缝隙

所有人都不说话了，大海和云层合谋吞噬了光，夜晚提前降临

闪电穿过雨滴，折断在大海深处

发动机突然轰鸣，快艇从浪底一跃而起

骑着一个大浪上升，抢在后浪的前面跃上前浪

这海的骑士，在风浪中闯出一条生路，如离弦之箭，直插岛上

快艇抵岸时，风平浪静，岛上阳光普照

大海温驯如绵羊，似乎不曾有过狂暴

脱离险境的我们，叽叽喳喳，又多了一份可以炫耀的谈资

第
五
——
纪

凌
晨
四
点
的
大
海

海 泳

大海融化了我
就像蓝天消融一朵白云
海愈大我愈小

我曾是湖的孩子
在湖水里一次次融化
一次次凝固

我在海水里融化得更快
因为她的浩渺
抑或她的深蓝

潮起潮落
呼吸着大海的呼吸
脉动着大海的脉动

直至身体变成一朵浪花

直至出自淡水的灵魂

凝固成一颗盐粒

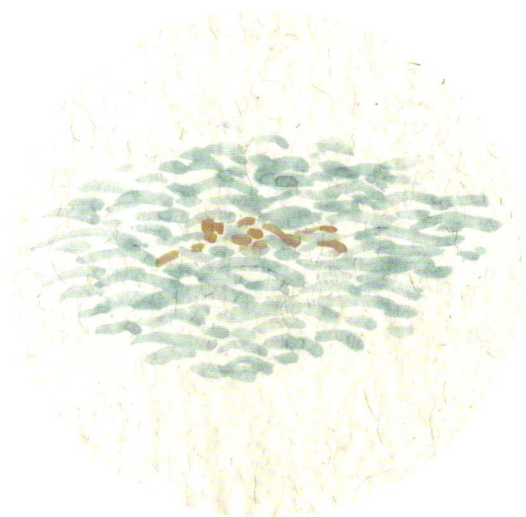

看 海

雨抽打海浪

让它撒蹄向岸上猛冲

发怒的风又咸又腥

伞下姑娘的裙摆湿透了

乌云背后的阳光

盛大而沉重

天破了

漏下的阳光骑在浪尖上

金色的骑士

又一次驯服了大海

姑娘们在海滩上盛开

男人们还未从宿醉中苏醒

我心澎湃

最开始我的心

只装得下一片湖水

后来它咽下一条大江

现在它妄想吞下整个大海

太阳涂抹那么深的蓝

月亮牵起那么远的潮汐

而我只有一颗被现实消磨的心

首先得用想象力

修复它的野性

其次要拿勇敢和无畏

放大它的弹性与张力

最重要的是要有无限的爱

只有足够宽广的爱

才能覆盖每一片海域

收纳每一朵浪花

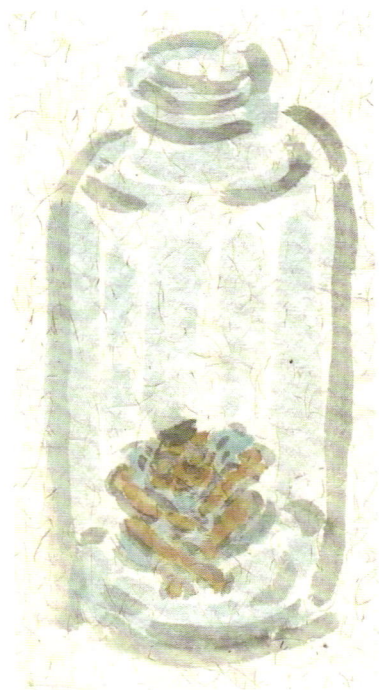

如果没有大海

如果没有大海

这块土地不会成就那么多梦想

发生那么多奇迹

她繁衍庄稼与野草

保持天然的肥沃

与必然的衰败

如果没有大海

这个国家将缺门少窗

不能通风透气

让外面的阳光照进来

在地球上还是灰暗的一角

一直沉睡下去

如果没有大海

我们不会翻山越岭

从乡村出走

将青春和热血全部奉上
用无数平凡铸就她的不凡
就像无数水滴汇成大海

深圳人的心里都装着大海

深圳人的心里都装着大海
总是在翻滚前浪赶后浪
彼此走近
就有可能引发一场海啸

我们拥有同一片海域
海浪拍打着翅膀
将我们推上云端
海的翅膀如此宽广
一次飞翔就能跨越一生

当大海日渐衰老
闪电折断翅膀
当海浪退潮后
留下千疮百孔的礁石
我们还是坚信
深圳人的心里都装着大海

◎

第
六
纪
：
结
石

$\dfrac{111}{131}$

SIX

给我一瓢饮

1

打开文档

像走进一块自留地

埋首收割

镰刀闪着寒光

粘满文字的尖叫

2

熟透了

快要烂在地里

我赶紧起床

在黎明时分

抢收金黄的诗歌

3

被生活抽打

拼命写下去

过度的发光发热

钨丝眼看就要烧断了

4

这么多年了

在文字里流浪

只有诗歌收留我

给我一瓢饮

5

手指落在键盘上

像雪落在我的乡村

如此圣洁

如此绵长

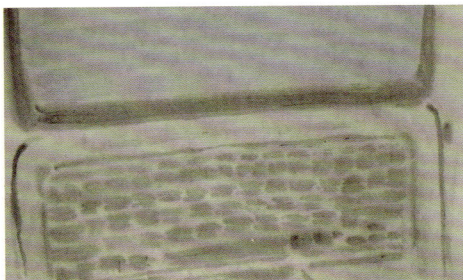

结 石

深圳吞下钢铁水泥

反刍火与电

不惜咬了海一口

从小渔村吃成了一线城市

工厂的铁酸而麻

写字楼的玻璃有点甜

工地的尘土太咸了

深南大道巧克力般丝滑

地王　京基 100　平安大厦

美味多汁又多肉

我们这些新移民

有的消化成了血

有的消化不了

成了结石

隐隐作痛

默默发热

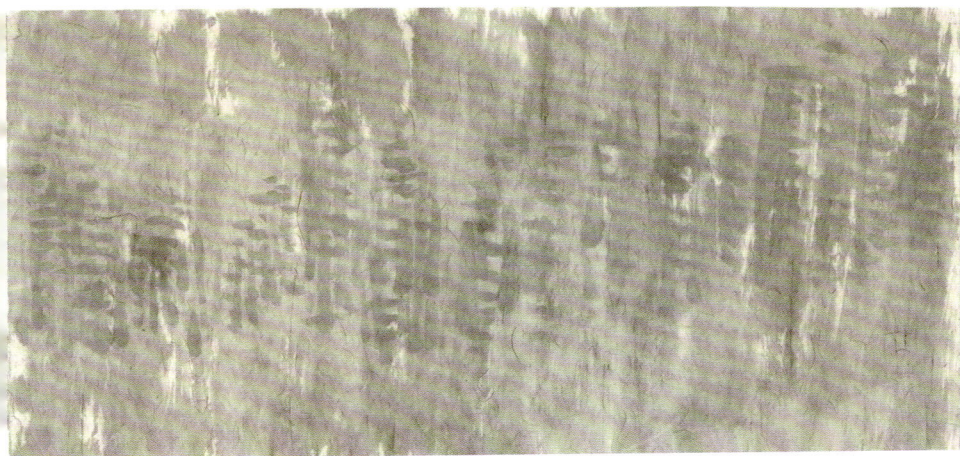

什么鸟都有

办公室走马灯似的换着新面孔

一个总去走廊抽烟的黑女孩

她想看遍世界的风景

一个独来独往的三宝男孩

十年如一日

只吃嘉旺的三宝饭

不见瘦也不见胖

印象最深的还是

那个香气扑鼻的男孩子

人未到香气先到

说话轻声细语

喜欢附在你耳边

林子大了什么鸟都有

我羡慕那些鸟儿

敢于自由地飞翔

自由地鸣叫

不像忘记飞翔的我

翅膀退化为钉子

将自己钉死在原地

陌生人

在镜子里是一个陌生人

被东门的地摊货武装到牙齿

破烂牛仔

夸张银饰

眼睛里残存的乡村倒影

一晃就碎了

八年前去县城一中报到

他第一次穿上皮鞋

碾痛了乡村小路

五年前去省城上大学

他簇新的衬衣西裤

连一粒乡村的灰尘都不带走

一年前来到这个淘金之地

携着江城的光与热

乡村早已褪色为背景

只有在他怯弱而茫然的时刻

乡村才会再次浮现

在街头哭泣的男人

一粒粒眼泪结晶

缓慢而坚定

像枝头成熟的果实

摇摇欲坠

黑云压上眉梢

内心的风暴

即将掀翻尊严的城池

双手掩面

做成最后的堤坝

眼泪的洪水

无声汇聚

随着肩膀抽动的频率

发起一次次冲锋

崩塌来临了

他哭出声来

整个身体摊在地上

冰山一样破裂

融化成一股股泪水

四处漫流

无边无涯

醉酒的人

醉酒的人肚里横着一条江
嘴上悬着一条河

醉酒的人走在钢丝上
每一步都临着深渊

醉酒的人给深夜一个拥抱
给生活一记耳光

醉酒的人浮出人海
吐出一地锦绣的抒情

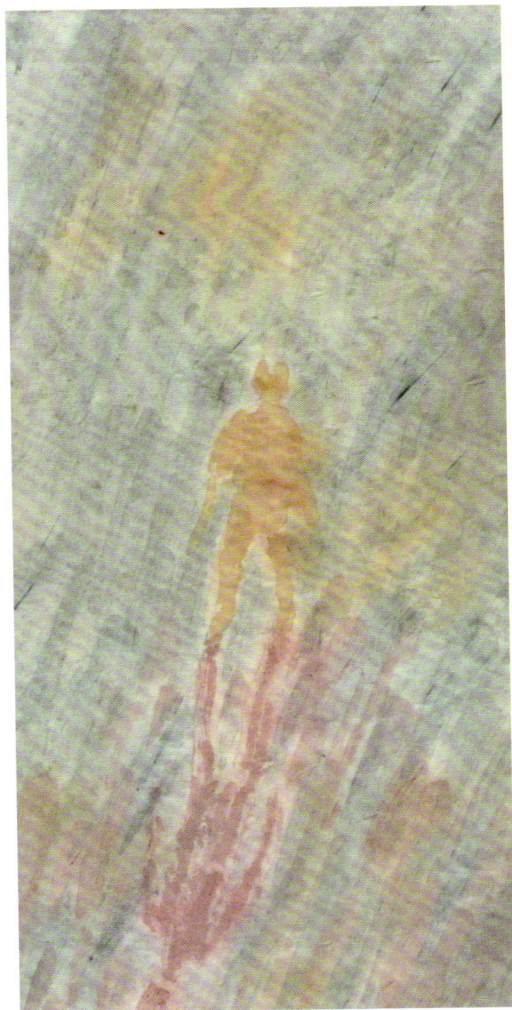

兄 弟

我不知道怎么安慰你
当你崩溃流泪
全世界都知道你的好
唯有一人不懂
就让窖藏三十多年的老酒
浇在心中的块垒上

我们多久没有一起喝酒了
错过了彼此太多时光
我不能陪着你彻夜长谈
不能陪你喝到天亮
我们都独自承受
逃不过的命运
就像飞蛾扑火

我又能说什么呢
泥菩萨过河自身难保

不能抱着你痛哭

展示男人的失败

雨下得那么大

我还是转身离开

就像一只倔强的落水狗

消失于街头

不惑之年

1

从青丝到白头
父母隐瞒了无数病痛

从乡村到城市
我也习惯了遮掩伤口

只是有时真想大哭一场
为独自受难的父母与自己

2

一个人消失了
像石子投入水中
像灯隐入夜里
像雪花消融在雪上
像星星坠落在你眼前

像一个梦醒了

3

活了这么多年

还没学会怎么去爱

那么多爱装在心里

鼓肿得像蜜蜂的肚子

却用毒刺

蜇伤最亲近的人

这世界那么多人

1

雨是最深的颜色

将世界胡乱涂抹

绿色四处流淌

溢出了夏天的杯子

你离我远去

那倔强的背影

就像甩出的一滴墨汁

晕染了整个天空

2

这世界那么多人

而你是孤独的一个

在夜深处

像萤火虫一样发光

习惯了一个人

习惯了沉默不语

习惯了在黑暗中

紧紧抱住自己

像握住一根救命稻草

3

黑色一层

接一层盖了上来

有的厚有的薄

有的重有的轻

有的一掀就开

有的裹得严严实实

头顶的黑和脚上的黑

你的黑和我的黑

并不一样

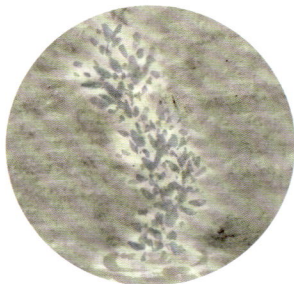

囚 徒

搬了一整天砖
眼前又多了一面墙
少了一扇门
他用前半生
为自己建造一个迷宫
用后半生来寻找出口

他戴着厚厚的面具
没有人见过他的眼泪
据说他有颗石做的心
连血都是冷的
连微笑都没有温度
尽管嘴角的弧度很高

城市的格子间
有无数个囚徒
他们的天空

只有格子间那样大

就像井底之蛙

天空永远大不过井口

◎

第七纪：

一个人的租房史

133
—
153

SEVEN

尘　土

城里和乡下一样

尘土总是越来越多

乡下的尘土

来自日积月累

来自老屋

和抛荒的土地

城里的尘土

来自日新月异

来自春笋般冒出的高楼

和补丁似的工地

妈妈扫了几十年

从青丝到白头

把自己和老屋扫矮了

一截又一截

我接过妈妈的扫帚

从乡下扫到城里

从地底扫到云霄

尘归尘

土归土

云朵归云朵

种 子

一粒尘埃似的种子

附在最坚硬的岩石上

可怎么活呀

去深圳的幺儿

成为爸妈的心病

从关外挤到关内

从布吉浪到罗湖

这粒种子一次次萌芽

又一次次被连根拔起

信用卡像青春一样被透支

女朋友离他而去

公司一直在裁人

还是跟爸妈说我很好

还是要萌芽扎根开花散朵

还是想活出个人样

还是坚信能从水中

捞出那个月亮来

即使是破碎的

我睡在深圳的客厅

我睡在深圳的客厅

睡在她的心脏上

睡在她的毛细血管里

在布吉农民房的底层

和华侨城香蜜湖深圳湾一起脉动

我的睡眠浅而深

一个醉汉腿边倒下的酒瓶

不逊一声惊雷

梦搁浅了

呓语的涟漪

在枕边掀起风暴

有时我会潜入夜的海底

做一条自在的鱼

直至闹钟将我钓出

东方浮出鱼肚白

我和太阳一同升起

无数条鱼跃上岸

似电光石火

如梦幻泡影

一个人的租房史

我住过这个城市的客厅
住过阳台
在不设防的楼顶
数过地上的霓虹
和天上的星星

我住过双床四床高低床
住过农民房单身公寓
十万一平的小区
从一个点迁徙到另一点
半径不断扩大

鸟住在风中
鱼住在水里
我住在流动的应许之地
努力向上生长
向下扎根

写诗的日子

当生活就要淹没我时
彼岸出现了
将我托出水面
且一直上升

当柔软的心不再遮掩
壳的庇护从不缺席
让我缩在里面
做小小的道场

当一切弃我而去
只有她爱我怜我
宠着我放纵我
日日夜夜抱紧我

当我慢慢老去
她越发青春美丽

埋在我贫瘠身体里的种子

长成一树繁花

雨后咖啡

野草和雨水覆盖小路
以芭蕾舞的姿势
蜻蜓点水般
横掠到尽头的咖啡馆

古典音乐从天花板流淌下来
在我们心里激起不同的浪花
就像岁月流经我们
留下不同的轨迹

你在一本诗集里流浪
我漂浮于哈勃望远镜拍摄的宇宙里
只有咖啡的香气
坚定而缓慢地充盈着我们

住院记

医院里的四月天

身体长满荒草

病床上成熟了

又一批疼痛

权力的游戏

在手机里上演了七季

守夜人还在风雪中

坚守长城

我决定当一名逃兵

从住院楼出发

很快抵达一条河流

像是从地下才冒出来

带着蒸腾的热气

许多人在河边垂钓春天

我该怎样警告他们

凛冬将至

头痛症

不可用脑
不可思考
像土豆一样
宅在家里发霉
或者发芽

不可恋爱
不可忧伤
没心没肺
方能不痛不痒
修成正果

不要写诗
不要看书
文字挽不回过往
看不住未来
连现在都抓不牢

不要烦恼

不要焦虑

像感冒发烧一样

时间一到

自会消除

半夜来电

惊醒我的是手机铃声

和手机里荡出的酒气

他说起荆南街的牛肉面

还说以前半夜翻校门

去胭脂巷吃板鸭莲藕火锅

这些美味随着他的大舌头

打滚　踉跄　翻江倒海

就算我尽力捕捉

带着醉意的话语还是四处乱飞

他又说起 8 栋 111

窗外白裙飘飘的学姐学妹

每年一醉的光棍节

黑牛广场的月亮

就跟今天晚上一样圆

我走到阳台上

和 20 年前的月光撞了个满怀

给妈妈打电话

有时是在烧火做饭

有时是在菜园摘菜

有时是在湖地锄草

有时是在暖房烤火

妈妈接起电话

开口第一句

都是问吃饭没有

是的，妈妈

千里之外的我

永远都长不大吃不饱

总是反刍着乡愁

感觉身体空空如也

我打电话给您

只想听听您的声音

确认我还是个有妈的孩子

这么多年了

无论我飞得多高多远

那根线还紧紧拽在您手里

让我有了根切不断的脐带

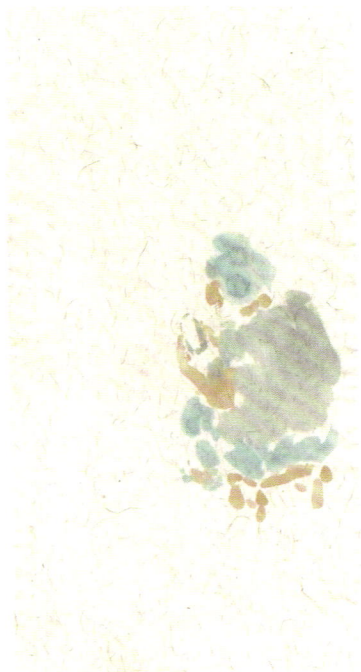

◎

第八纪：那时的爱情

155
—
175

EIGHT

那时的爱情

那时的爱情

穿过城市的大街小巷

从天亮走到天黑

牵着手就是天荒地老

那时的爱情

总是忍不住脸红

总是压不住心跳

一直一直在燃烧

那时的爱情

从江流到海

从海流到天边

一伸手就能摘星星

那时的爱情

盛开过后就不再开了

哪怕是半个花瓣也不留

来去都干干净净

我们需要一片白月光

我们需要一片白月光
潮汐一样淹没这个夜晚
我们才得以相拥
不让心跳出胸腔
不让外人窥见躲藏的幸福

我们需要一片白月光
大雪一般覆盖这个夜晚
我们才能交换火焰
不被彼此的体温灼伤
不被爱情的闪电击倒

我们需要一片白月光
灯火似的照亮这个夜晚
我们看清了自己
正在对方的眼眸中浮沉
一浪接一浪拍上岸来

我们需要一片白月光

小船般地漂流在这个夜晚

我们浪荡过整个城市

让满城灯火凋尽了

让时间无声地流过去

叹 茶

一枚樱桃小嘴
收藏了陈年的吻
入喉的茶
打开
爱情的味蕾

少女的秘密经想象之脉
注入心扉
从此得了无解之症
不可诉
不足道

连那些眷养的蚊子
都吸饱了相思之苦
在电蚊拍中
击出一星星火花
死得如初恋般灿烂

火与冰

深南大道着火了

火流淌向前

把整个城市点燃

那个结冰的人

孤魂野鬼似的彻夜游荡

恋人抱着另外的火离开了

这一刻总会到来

从火到冰不过一刹那

那么就抱紧一团野火吧

这火如此年轻妖娆

趁着酒精的风

掀起惊天烈焰

那个结冰的人

一下子就被点燃了

这一刻总会到来

从冰到火也不过一瞬间

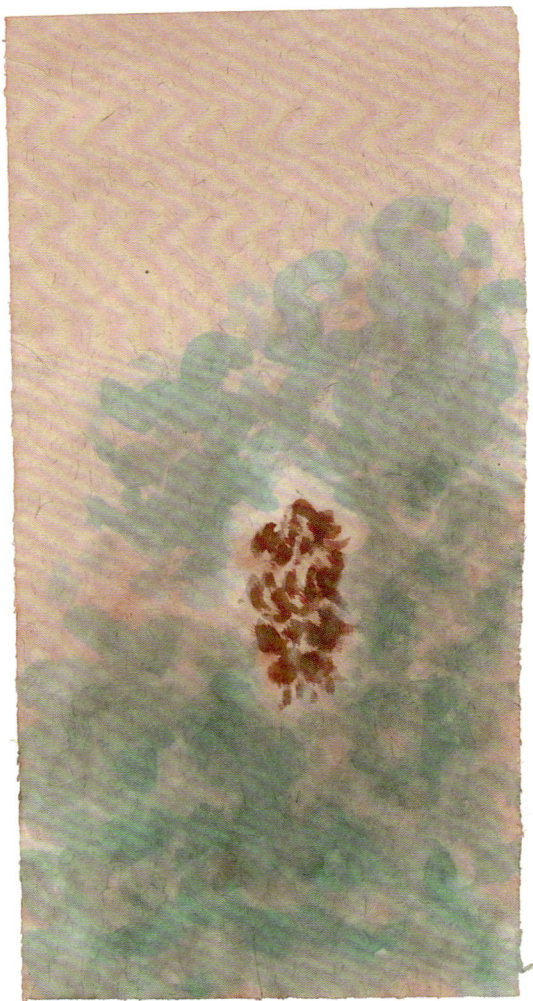

为你写一封情书

1

回到二十岁

为你写一封情书

字里滚动着火焰

行间点缀着星星

纸上涂满了

一半湖水一半海水的蓝

你看不到湖面的风霜

更见不到海底的冰山

2

如果没有生活的惯性

我还能拥抱你吗？

就像一棵树

没有万有引力

依然扎根于大地

3

第一次拥抱

我们打着寒战

每个毛孔都闭合了

不敢呼吸

在盛夏的阳光下

像两具敲碎的冰雕

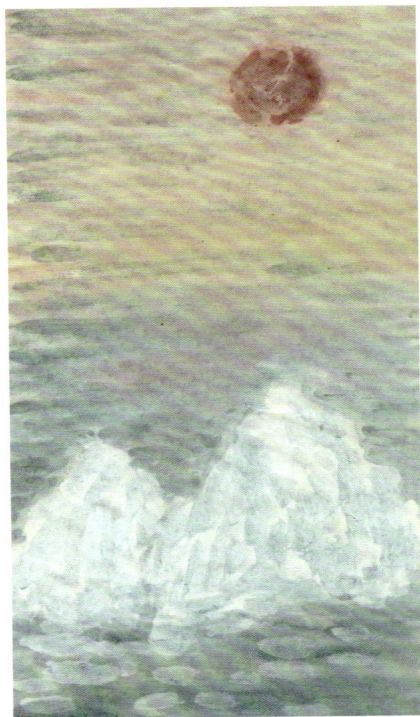

爱别离

将心掏空

将肉剥离骨头

将影子裁掉

双手放到火上烤

还是冷得发抖

血凝固了

梦想冰封了

眼泪结成晶

我不能回头

怕自己融化

将身体收紧

将闪电折断在心底

将雷闷死在喉咙

我一言不发

不让你目击崩塌

吞下长夜

一点黑都不留给你

饮尽孤独

跌倒了

扶起自己一个人走

彻夜未眠

街道醒着

我们走到哪

路灯就亮到哪

我们的影子

鲜花般铺满马路

银河醒着

星星在闪烁与流动

从天空溢出来

淌到了人间

让我们的眼睛闪闪发亮

大海醒着

海风迈着轻盈的脚步

与我们擦肩而过

我们的拥抱

因此潮湿而轻盈

城市醒着

窗户被灯火照亮

每一扇窗后面

都有一个我

还有一个你

总会找到你

来到你的城市

像一叶扁舟置身于汪洋

找到你的机会

只有两千万分之一

茫茫人海里

只需一眼就锚定了

也只需一转身

就错过了

在陌生的城中村

敲错那么多扇门

还是将出走的你找到了

在人潮汹涌的火车站

你不接电话

我一样能找到你

就像磁铁

吸出水底的一枚针

你一次次任性地离开

而我总会找到你

除非我不再找了

除非你真的离开

爱情童话

蛋糕砌成房子
巧克力铺成道路
玫瑰云彩
蜜汁大海
你背着蝴蝶结飞进飞出
满身甜味

我却是苦的
就算浸在蜜罐里
还是比苦胆还苦
你的甜治愈不了我的苦
就算我们彼此融化
凝固后还是甘苦分明

我不想染苦你
所有的苦
归于我一人

让你永远是甜的

即使有一天

这甜不再属于我

你还是个孩子

你还是个孩子

却大着肚子，像只笨鹅

每个工作日，都要送我去地铁口，十指紧扣

害怕生人，去哪儿都要我陪着

有一次独自去买菜，迷路了

十几分钟的路程，你走了几个小时

连肚里的宝宝都走累了

你没有朋友，只有一只猫咪，还走失了

你将所有赌注压到我身上：

让我做你的男朋友，做你的丈夫

做小凡霁的父亲

你还是个孩子

管不住自己的坏脾气，骂人时总挑最难听的

生气时总把自己吃撑，胖起来又很快瘦下去

一个月只吃水果，在花园跑圈能跑半马

跟我一起后，你慢慢不怕人了

你不再开着电视睡觉，你学会了喝点红酒

你还能一口气开几个小时的车

你终于知道金钱的分量

你才明白当初下的赌注有多重

我真希望

你还是个孩子，慢些长大

去哪儿都要领着你，十指紧扣

不会迷路，不会害怕

◎

第九纪：城里的月光

177—197

NINE

城里的月光

靠近人间烟火

和路灯互为倒影

一只肥月亮

在夜空的酒杯里晃荡

照亮城市的韵脚

让风从海面升起

新年派对降下帷幕

城里被月光

打扫得干干净净

每一扇敞开的窗户

每一个小而甜的梦

都溢出月亮的香气

高楼裁剪的天空

露出朝阳的马脚

大街小巷飞出

一群长翅的白羔羊

从天上来

又回到天上去

飞 机

小时候的飞机

和天空一样高

和星星一样遥远

乡下总是繁星满天

数星星的日子很平常

看飞机的日子

稀少而珍贵

需要好运眷顾

后来去了城里

天越来越低

飞机也随之贴近地面

直至有一天

钻进它的肚子

和它合二为一

坐飞机的日子多了

数星星的日子少了

第
九
———
纪

城
里
的
月
光

影 子

夜是白天的影子
白天是梦的影子
梦是夜的影子

酒是孤独的影子
孤独是诗的影子
诗是酒的影子

我是你的影子
你是他的影子
他是我的影子

花开有名

这盆无名花

在冬天开疯了

扯着阳光撒了一地娇

她披着乡野的外衣

迈着城市的猫步

T台从深圳的高楼

延展到了朋友圈

可不要叫人家油菜花

她芳名文心兰

艺名跳舞兰

看不出花在舞吗？

亏你还是个诗人

我再看她时

果然高贵了不少

第
九
——
纪

城
里
的
月
光

寻的士不遇

错过最后一班地铁
从地下返回地面
身无分文
手机耗光电量
俨然置身荒野
马路上车来车往
没有一辆与我相关

平时多如牛毛的出租车
约好似的不见影踪
我只好一直往前走
灯火渐稀
明月高悬
海浪声隐隐传来
主干道分岔成数条小路

掉头往灯火汇聚处走

至一城中村

路边摊上人影晃动

如海市蜃楼

我靠着一面广告墙

葛优躺成一株绿道树

直至被黎明的阳光唤醒

小团圆

酒将夜晚升华
就像电影提纯一幕生活

我们在片刻戏剧里沉迷
歌声淋湿俗世的饮食

一个星座撞碎了酒杯
另一个星座骑上木马

其实衣服的正反面都很适合
装饰一个无邪的笑容

喝了一夜酒

刚开始是夕阳

喝了没两杯

就烧红了半边天

拉着晚霞一起告退

月亮浮了几大白

脸蛋越发光亮

大海春心荡漾

开始涨潮

卷起一朵朵浪花

拍打夜的孤岛与飞地

流落街头的男女

怀揣暗火

深受内伤

借着酒浇胸中块垒

让肉身飞升

喝了一夜酒

你的面孔终于模糊

在黎明前的黑暗中

我们就此

分别与走散

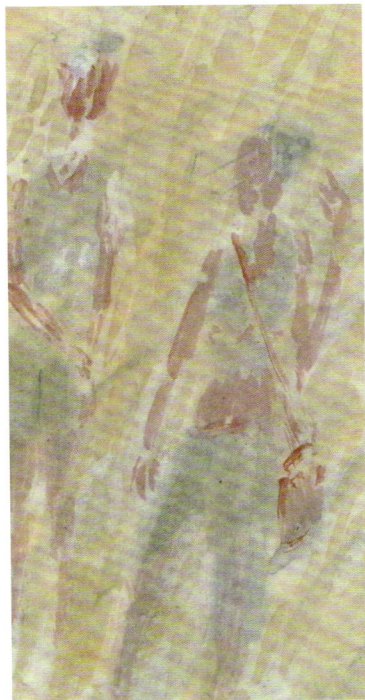

断 片

酒精对身体的熔断

像焊接一样

来得直接而有力

攀上酒局顶峰的王者

跌入预设的黑洞

爆燃后的塌陷

灰烬下掩着

一颗跳动的火种

人生难免卡带

诸神之黄昏

在黎明后重置与归位

抛到九霄云外的肉身

像风筝被一缕孤魂

拉回人间

死亡与新生

咫尺之内

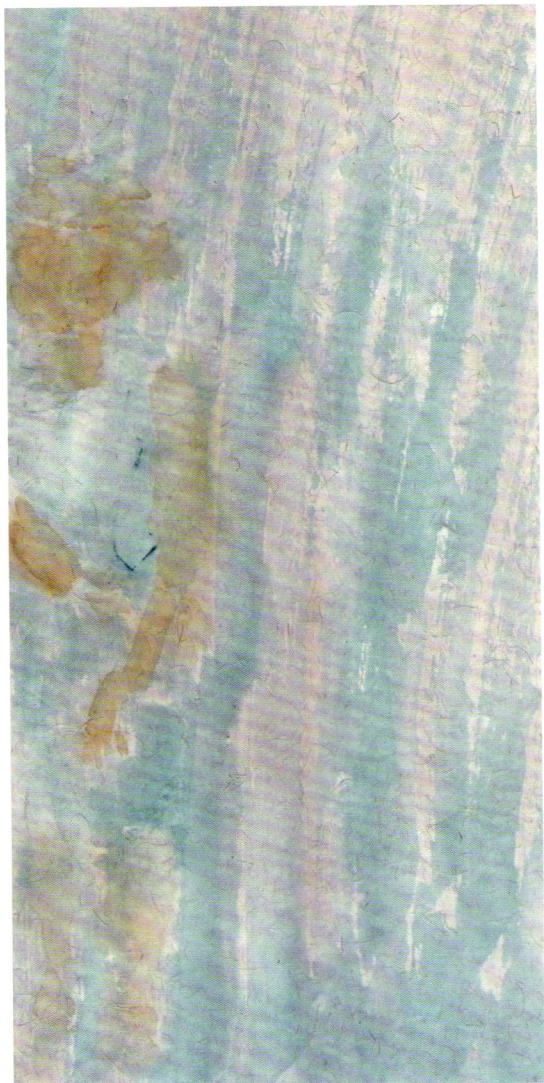

有的酒

有的酒是透明的风暴
席卷了男人和女人

有的酒是倒置的沙漏
颠倒了白天和黑夜

有的酒是涟漪
一圈圈晕开形而上

有的酒是漩涡
一次次堕入形而下

有的酒是断弦奏悲歌
有的酒是满弓射天狼

有的酒月黑风高
趁火打劫

有的酒花好月圆
你侬我侬

有的酒冷到脚
有的酒热到心

有的酒早就睡了
有的酒一直醒着

雪 花

酒会酿成乡愁
也会酿成爱情的龙卷风
在梅林关的无名酒吧
用一瓶瓶十块钱的雪花
覆盖三十多度的深圳

今夜我们寸步难行
只有沉下去摔下去掉下去
这温柔的无底的陷阱
这青春的不管不顾的火焰
这见不到日出的片刻拥有
早上分手时
连彼此的名字都来不及留下

只是多年后
心底还残留着那夜的灰烬
一层层地凉下去

依然记得无边无际的雪花

是怎样一瓶瓶砸向我们

直至砸成内伤

◎

第十纪：栀子花开

199—219

TEN

栀子花开

从乡下移植而来
带着乡愁的恐高症
在城里的高楼
迟迟不愿开放

抱紧了叶片和花苞
雨水的柔情蜜意
阳光的殷勤探视
都无法打开她

花苞一日日膨胀
鼓得像个气球
她还是捂住花瓣
拒绝芳芬

4 月 25 日中午
终被雨过天晴的彩虹刺破

绽开了

第一声婴儿的啼哭

早 晨

趁着妻子和孩子都没醒

将自己放逐到想象的孤岛上

只有鸟叫没有人声

四壁的书环绕着我

让人安心

随便打开一本

犹如天女散花

每个字都在绽放光芒

摘取其中最美的几朵

插到诗歌的花瓶里

用清澈的灵感供养

太阳开始召唤

地铁在脉动

待我插好这瓶诗歌之花

整个城市就苏醒了

一如被尿憋醒的小儿

夏 困

空调降服了炎热
两头巨兽进入了冬眠
一头在北极
一头在南极
睡得同样深

外星人从天而降
灵巧地低空飞行
避开了柜子的山峰
书桌的沼泽
降落在北极巨兽的背上

一个巴掌卷起风暴
两个巴掌掷下闪电
外星人屁股开了花
疼痛指数飙升
他忍不住哇哇大哭

南极巨兽被吵醒
心疼地揽过小外星人：
叫你一中午不睡觉
挨爸爸揍了吧
快睡觉宝贝，乖

赏荷遇雨

当季的雨
追着过季荷花
误伤一群赏荷人
避雨的人
比荷叶还密

小儿穿过雨帘
被一串阳光钓出人海
妈妈的呼唤
砸在他身上
就像一阵太阳雨

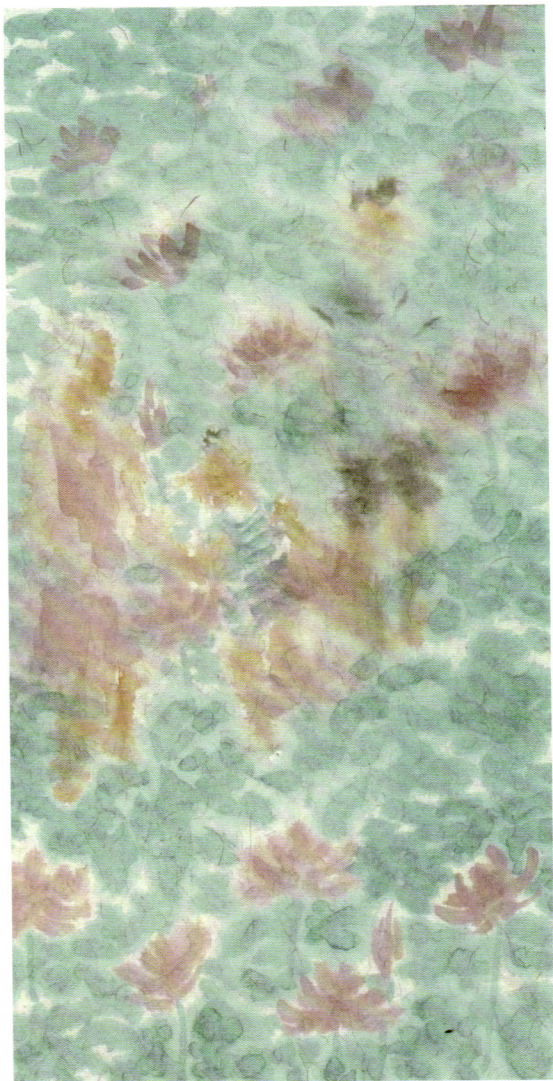

青皮柚子

用酒佐歌
消磨一整天
时间被太极推手
调慢了节拍
小宝贝发现背后一棵树
垂着累累果实
青皮柚子离成熟还早

一颗青柚
脱离树枝
升华了整个夜晚
多年后我会记起
为小宝贝摘下一颗青柚
而十几个围坐喝酒的人
已退为背景

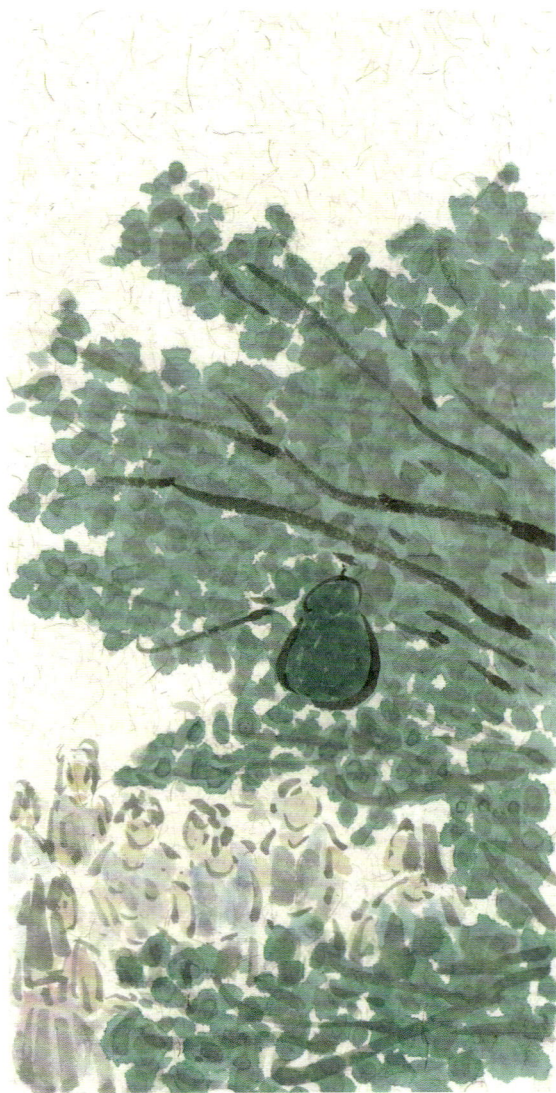

城 堡

城堡魔方

每一次都是不同模样

建在云上

建在海里

建在瀑布下

建在月球的背面

孩子的想象

赋它万能

能斜着生长

倒着前进

插着门窗飞翔

来来去去的访客

除了闪电麦坤和哥们板牙

还有布加迪兰博基尼法拉利

这些超跑只配编号

连名字都没有

它们追逐撞击

咆哮轰鸣

喷出蓝色火焰

让城堡在深夜里醒来

整个世界都在加速运转

直至崩塌与重建

梦

孩子已经高烧三天

这个荒岛只有四面悬崖

和无尽的海水

我祈求上苍下一场大雨

让怀里的这团火降降温

但我又害怕他会熄灭

我用双手往地下挖

只有石头和沙砾

没有救命的泉水

奇迹不会发生了

我爬到孩子身边

怕冷似的抱紧他

浑身颤抖着

从悬崖滚落

到深夜的床上

我一身冷汗

孩子睡得正香

他不可能知道

刚在我的梦里

穿越一场死亡

为此我不敢再入睡

不敢再松开他的手

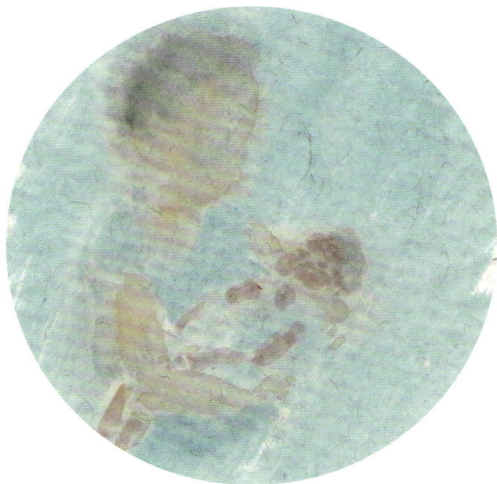

那一天

5 岁的舌头

还是卷得厉害

说的话只有爸妈

才能全部听懂

一生气就在地上打滚

没人理就一直哭

这是 36 年前的我

这是现在的我儿子

我才发现小时候的自己

那么喜欢撒娇

泡在蜜罐里的种子

迟迟不肯萌芽

经不起一点点风吹草动

直到那一天

我在地上打滚

哭得上气不接下气

爸妈却没有过来抱我哄我

他们凭空消失了

我哭累了哭饿了

自己推开门找吃的

外面的风和阳光

让我落地生根

我知道到了那一天

我也会躲到门后

任凭儿子打滚

不再回应他的撒娇

熬过每分每秒

切掉脐带的疼痛

亲爱的宝贝

你填满了
白昼的每一丝光亮
也填满了
夜晚的每一缕黑

你填满了
爸妈嘴角的每一个笑容
也填满了
他们眼中的每一滴泪

你填满了
天上的每一颗星星
也填满了
地上的每一粒尘埃

第一百首诗

于我算是一个奇迹

一次历险与奇遇

像个针摆

晃荡于否定与肯定

批评与赞美之间

捕捉灵感的石火

像个打铁的伙计

恶狠狠地锤打每一个字词

和自己的懒惰反复拉锯

为江郎羞愧

为挤牙膏焦虑

李白附体原是奢求

凡人修仙岂能速成

写完一百首诗

登上一百级台阶

种下一百颗种子

一百次小小的燃烧

一百次从心底升起的呐喊

一百次后浪拍打前浪

向彼岸发起粉身碎骨的冲刺